T6492
Nols

Ye

9976

LETTRE

D'UNE RELIGIEUSE,

A LA REINE.

LETTRE
D'UNE RELIGIEUSE,
A LA REINE.
PAR M. IMBERT.

A PARIS;

Chez DE LALAIN, Libraire, rue de la
Comédie Françoise.

M. DCC. LXXIV.

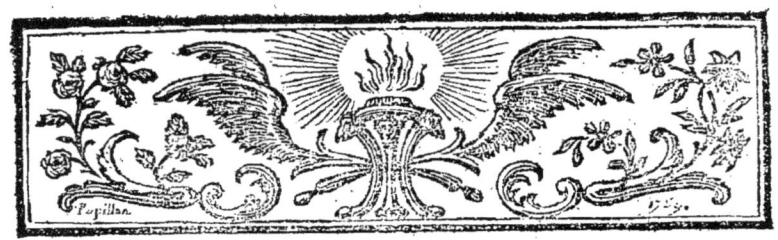

LETTRE
D'UNE RELIGIEUSE,
A LA REINE.

DE la celulle folitaire
Où m'enchaîne un vœu folemnel ;
Où, par un divorce éternel,
Au monde je vis étrangère ;
J'adreffe à Votre Majefté
Une humble requête, à vous-même ;
Princeffe, à qui la Royauté,
Et les Vertus, & la Beauté,
Forment un triple Diadème.
Daignez m'entendre ; à mes difcours

Si votre oreille n'eſt point faite ;
Songez, Reine, qu'on doit toujours
Écouter ſa moindre ſujette :
L'emploi ſouvent eſt onéreux ;
Mais auſſi rendre un peuple heureux ;
Ce plaiſir vaut bien qu'on l'achète.

Depuis le jour , que mes beaux ans
Furent voués à la clôture ,
Quinze fois j'ai vu la nature
Vêtir ſa robe de Printems,
Sans regrets, calme , inaltérable ,
J'ai vu , comme un ſonge trompeur ;
Fuir ma jeuneſſe peu durable ,
Dont ce faucheur impitoyable ,
Le Tems, a moiſſonné la fleur,
Je faiſois tout en conſcience :
On ne pouvoit aſſurément
Obéir plus ſervilement ,
Vivre avec plus d'inſouciance ;
Ni s'ennuyer plus ſaintement.

La liberté m'étoit ravie ;
Mais le monde , ni ses plaisirs
N'excitoient jamais mon envie :
Je traînois en paix mes loisirs :
Mon seul desir en cette vie ,
Étoit de vivre sans desirs.

Mais (pardonnez à ma franchise)
Un objet aimable , enchanteur ,
Vient, de mon âme , qu'il maîtrise,
Tourmenter la sainte langueur.
Ce cher objet, par-tout on l'aime,
Par-tout on vole sur ses pas ,
Et je ne peux voir ses appas !
Ah ! par votre pouvoir suprême,
Vous pourriez, je le dis tout bas . . . . .
Reine, ne vous allarmez pas ,
Cet objet charmant, c'est vous-même,
Vous-même , & j'espere bien peu
Que ce goût , avant moi, finisse :
Vous voir est mon unique vœu ,
Ne vous voir pas, fait mon supplice.

De fageffe j'ai beau m'armer ;
Au fond de mon cœur, elle expire.
Rien ne peut éteindre ou calmer
L'ennui que le cloître m'infpire ;
Et l'on diroit que je foupire
D'un mal que je n'ofe nommer.
En vain la raifon me confeille :
Comment oublier en effet
Une Reine qui ne s'éveille ,
Que pour verfer quelque bienfait ?
Le cri des heureux qu'elle fait
Retentit jufqu'à mon oreille.
Celui-ci, d'aife tranfporté ,
S'écrie : Ah ! Dieu ! que de beauté !
Tout s'anime & vit fur fes traces !
Celui-là : c'eft en vérité
La Vertu fous l'habit des Grâces !
L'autre : Avant de regner , dit-on ,
Les cœurs , fous fa loi fouveraine ,
Se rangeoient tous à l'uniffon :
Elle étoit Dauphine , elle eft Reine ;

Elle n'a changé que de nom.

Je n'y tiens plus; & ce martyre
Eſt renouvellé trop ſouvent;
Car ſi dans le monde, on deſire,
Vous ſavez qu'on brûle au couvent.
Vers cette retraite profonde ,
Quand le Ciel adreſſa mes pas,
Je fuyois un bien ſans appas ;
Princeſſe , je quittois le monde ,
Mais un monde où vous n'étiez pas.
Aujourd'hui , qu'un hymen propice
Vous a fixée en nos climats,
J'ai grand regret au ſacrifice.
De grace , un peu d'humanité !
Si l'État eſt votre famille ,
Pour vivre dans l'obſcurité ,
Je n'en ſuis pas moins votre fille :
Ah ! que je puiſſe en liberté
Voir un peu Votre Majeſté,
Par la fenêtre, ou par la grille !

Tels font mes vœux; trop vainement,
J'en ai fait long-tems un myftère :
Hélas ! c'eft doubler fon tourment,
Que de fouffrir & de fe taire.
Voilà ma maladie enfin :
Et malgré ma Jérémiade,
Je crains fort que le Médecin
Ne rie un peu de fon malade.

Mais tandis que ce vain regret
Échappe à mon ame imprudente,
Tandis que mon zèle indifcret
Laiffe, de ma plume abondante,
Couler mes vers & mon fecret;
Vous veillez, compagne fidelle,
Sur les jours du jeune L O U I S,
Qui, dans fon fein, déjà recèle
Ce mal, d'influence mortelle,
Terrible à ceux qu'il a furpris;
Mais indulgent à qui l'appelle.
Voulez-vous, fans peine & bientôt,

Lui rendre la fanté vous-même ?
Dites-lui fouvent ce feul mot :
L o u i s , tout un peuple vous aime.
Ce penfer là feul vaut, je croi,
Tous les confeils hipocratiques ;
Et, pour la fanté d'un bon Roi,
C'eft le meilleur des fpécifiques.

Pour moi, Reine, au fond du couvent,
Où je dois finir ma carriere,
J'attens l'effet de ma priere,
Sans doute, hélas ! jettée au vent.
Après un objet qu'il envie,
Chaque mortel s'en va courant ;
Et chacun voudroit, en mourant,
Finir les projets de fa vie :
Le parvenu, faire moiffon
De quelques titres de nobleffe ;
Le guerrier, illuftrer fon nom,
Et l'avare, dans fa maifon,
Laiffer une immenfe richeffe.

L'ambitieux, le conquérant
Pourfuit la pourpre fouveraine ;
Moi, je voudrois, en expirant,
Dire du moins : J'ai vu la Reine.

FIN.

L'Approbation & le Privilége font au *Journal des Dames*, du mois de Juillet 1774.

De l'Imprimerie de PRAULT, Imprimeur du Roi, Quai de Gêvres.